いじけないで！

豊田ネコタ
別名 戸渡阿見
又の名を 深見東州
本名 半田晴久

詩と文学

文学の定義は様々ですが、文学で人間や社会を語り尽くすのは、無理があります。それを試みる文学者も居ますが、やはり困難です。心や魂や人生の課題は、宗教や哲学には敵いません。社会問題や生活問題は、政治や経済には敵わない。社会悪や犯罪性の問題は、ジャーナリズムや警察には敵わない。子供や人間性のゆがみは、教育や道徳には敵わない。現代社会の孤独や疎外感は、文学でなくても、それは本来宗教が担うテーマです。

また、孤独や疎外感は、決して悪いものではありません。芸術や創造的な仕事をする人の、糧になっているのです。また、会社や組織のトップに立つ人は、孤独や疎外感の中から、勇気を振るい起こし、責任と役割を全うするのです。そこに、人間としての立派さがあります。

孤独や疎外感、人生や社会の暗闘を描くのが、文学だと信ずる人は、文学以外に知らない人でしょう。幅広い知識や経験があれば、文学には限界がある事が解ります。もし、文学で人生や社会の問題を描いたとして、誰がそれを解決し、改善するのでしょうか。解決も改善もできず、描きっぱなしの文学は、無責任に思えます。その上、宗教家や哲学者や学者から見れば、その多くは、浅い人間や社会や人生の捉え方なのです。

さらに、文体に芸術性のないものも多い。だから、どうしても、教養の厚みのある人は、古典主義に回帰するのです。駄本を読みたくない。駄文学を読みたくないと思うからです。

それならば、いっそ、理屈抜きで楽しめる文学を読みたい。エンターテイメントでいいじゃないか。なのに、そういう文学は、文学的に低く見られるのです。

誰が、それを低く見るのでしょうか。

「偏見は無知より生ず」という諺がありますが、偏狭な文学に偏った宗教、哲学、学術、政治、経済、教育、福祉、音楽、美術に精通しない人々が、見下すのです。かわいそうなのは、メルヘン作家や推理作家、コミックやアニメの作家です。エンターテイメントだというだけで、見下されるのですから。

ところで、日本文学の原点は、「物語」と「歌」です。「物語」は、文体が魅力的で面白かったらいいのです。長篇になると、どこかにリアリティーがないと、読み終わった人が怒るだけです。短篇なら、何でもありです。

「歌」は詩歌ですが、言葉の調べが5割、意味が5割です。そして、そこに詩情があり、その人にしか詠めない、個性や意外性や人間性が出ていたら、それでいいのです。それが、詩歌の芸術性です。

そして、自分が文学に向かう時は、読み手としては古典主義です。書き手としては、日本文学の原点の「物語」と「歌」を、バラバラにしたり、融合させて創作します。リアリティのない、短篇や詩歌を好むのは、毎日が現実社会と向き合い、問題に直面し、それを解決したり改善してるからです。わざわざ、文学にそれを持ち込みたくない。そう思うからです。現実を書こうとすると、手がしびれて書けなくなる、川上弘美さんのようです。思うに、偏った知識しかない文学評論や、文学概論を気にしなければ、文学は楽しく、人生を豊かにしてくれます。

これが、私の文学に対する姿勢です。

二〇一七年十二月

豊田ネコタ

（別名 戸渡阿見　又の名を 深見東州　本名 半田晴久）

もくじ

＊すべて、平成24年2月の作品。
イラスト・月光カメレオン

いじけないで！

いじけないで

いじけないで
女に
もてないからと言って
いじけないで
男が
振り向かないからと言って

いじけないで
背が低いからと言って
いじけないで
肥ってるからと言って
いじけないで
学歴もなく
仕事がないからと言って

いじけないで
貧乏だからと言って
いじけないで
年寄りだからと言って

本当はね
女にもてる男は
黄金の青春期を
摩耗させ

ろくな男になってない
男が振り向く女は
プレーボーイに遊ばれて
誠実な男性とは
結婚してない

背が高い人は
偉そうぶって
見えるし

年を取ると
背中が曲がる
やせてる人は
貧相だし
ゴルフでも
野球でも
玉が飛ばずに
悩んでる

高学歴で
カッコイイ仕事をしてる人は
ライバルとの競争に疲れ
プライドが高いので
失敗したり
落ち目になることを
死ぬ以上に
恐れてる

お金のある人は
ケチだし
わがままだし
人の痛みがわからない
さらに
ぜいたくで
鼻持ちならない
人ばかりだ
それに

税務署を恐れ
お金がなくなったら
誰も相手にしてくれないと
おびえてる

若い人達は
若いということの
尊さや良さを知らず
無駄に時間を
浪費してる

また
常識や礼儀を
わきまえず
つまらない事で
深刻に悩み
未来の不安に
おののいてる

だから
何にも

いじけなくて
いいんだよ
当事者は
その事が
当たり前になり
いろんな事で
悩んでるのさ

人間は生きてるだけで
幸せなんだ
健康なら
さらに幸せだ
いじけるのは
他人をうらやむからだよ
本人に聞いてみるがいい
あるはある悩み
ないはない悩みの
オンパレードだよ

どの人も
いじける時間があったなら
自分の長所に
目を向けるべきだ
そこに誇りをもって
磨きをかけ
努力するんだ
そうすると
それを見た人は

きっと
いじけるだろう

つぶやき

カニが
カニ歩きしてた
たしカニ

ネコが
ネコマンマを
食べ過ぎて
ネコんだ

イヌが
主人を待たずに
先にイヌ

トリが
カゴから逃げて
トリ逃がす

空が曇って

太陽電池が止まる
ソーラーみたことか

バッタと
草むらで出会う
バッタリ

オケラと
地面で遊ぶ
ケラケラ笑うな

隣の空き地に
囲いができたそうだね
カッコイー

隣の空き地に
へいができたそうだね
アキチ光秀の
お屋敷の

結局
何が言いたいのですか
言いたいことがなくても
何かを言うのが
人間だ
何をつぶやいたって
いいじゃないか

救いのない

愚痴や不平でなければ

地震

「あっ
金玉がゆれた
地震の予兆だ」
「それって
単に身体が
ゆれただけですよ」

「地震の予兆で
身体がゆれたんだ」
「それは
単に歩いたから
身体がゆれたんでしょう」
「地震の予兆で
歩いたんだ」

「地震に関係なく
誰でも
歩きますよ」

「あっ
また金玉がゆれた
大きな地震が来るぞ」
と言って
その人は
部屋を飛び出した

後に残った
もう一人は
ポカーンとしていた

その時
本当に
大きな地震が来て
その人は
おしつぶされた

幽霊になった
その人は
救い主になる
決心をした
それから
地震を予知し
死ぬ運命の男性の
金玉を
ゆらし続けている

そして
ゆらされた男性は
こう言うのである
「あっ
金玉がゆれた
地震の予兆だ」

「それって
単に身体が
ゆれただけですよ」

こうして
永遠に
続くのだった

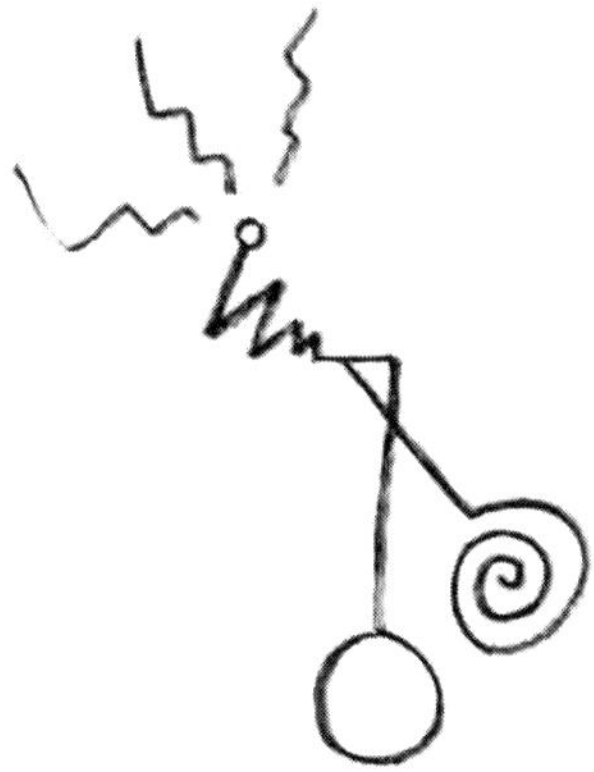

激しさ

歳をとると
激しさが
ほしくなる

まるくなれば
人が育たず
厳しい注意も
つい面倒になる

社会に対する
正義感も
どうでもよくなり
社会悪への
義憤も
血圧が高くなるので
まあ
いいかとなる

日本男児として
歳をとるなら
たとえ体力が落ちても
死ぬまで
気迫と勇気と
激しさが
たっぷり欲しい
誰か激しさを
プレゼントしてくれませんか

戦争

世界のどこかで
今も
戦争が起きている
私の体内でも
いつも
戦闘が
繰り広げられている

おのれ
ウイルスめ　雑菌め
悪さをする常在菌め
頑張れ
白血球よ
マクロファージよ
ナチュラルキラー細胞よ
わが味方に
兵站を送るため

もう冷たい食事も
冷たい飲物も
摂らなくなった
体温を上げて
ミトコンドリアを
助けてやるのだ

さらに
睡眠をよくとり
ストレスをためず

運動をよくし
筋肉を鍛え
それ以上に
知力を鍛え
必ず
味方の兵隊に
報いてやるのだ

本当に
ごくろうさん

こんな戦いを
毎日続けてるのに
若い頃のぼくは
敵に塩を送るような
むごい仕打ちをしてたよ
ごめんね
心から
免疫細胞の諸君らに
お詫び申し上げる

※兵站《へいたん》　戦闘部隊の後方で、人員や兵器、食糧などの補給にあたる
活動機能のこと。

コオロギ

女性や男性に
いじめられ
ひどい目に遭った
社員がいた
ぼくも
女性や男性に
いじめられ
ひどい目に

遭ったが
女性を忌避して
オカマになることもなく
男性を忌避して
マザコンになることもなく
オカマになった人の
気持ちがわかり
マザコンになった人の
気持ちがわかって
大人になった

でも
コオロギの声を聞くと
また
あの思いが蘇る

白隠禅師は
コオロギの鳴く声と
自分の呼吸が
一つとなり

四十二歳で大悟した
そして三日間
泣き続けたそうだ
釈迦が
法華経を説いた時の
慈悲の
境地になったのだ
コオロギの声には
何が宿るんだ？

きっと
自分を掘り下げる
秋の神様が
宿っておられるのだ

頁

私の人生の頁を
めくってみると
おかしいこと
ばっかりだ
何て私は
おかしい人間なんだ

色あせた

頁もあるけれど
その頁は
おかしいことを
やらなかった頁だ
毎年
心臓が飛び出るような
チャレンジをしたが
その時も
必ず
おかしい企画を

盛り込んだものだ

六十歳を越えても
まじめになっちゃ
いけないいいな
そんな人は
世界中に
沢山いるものね
一頁一頁
これからも

ますます
おかしく
愉快で　楽しい
有意義な事や
無意味なことを
やり続けよう

かけがえのない私の
人生の頁が
色あせないために

そして
皆の頁も
色あせないために

倅に

時々　頭をもたげ
いきり立ったように
なるけれど
涙がこぼれ
いつまでも
途切れないことも
多い最近

若い時は
もっと
切れがよかったのに
あなたを見ると
若い頃　一生懸命
四十五度に放物線を
描いてた
私の青春を
思い出す

倅よ　気楽に
いきましょう
前立腺や膀胱も
歳をとったのだから
無理もない
なるべく水分を
たくさん取るからね

まあ
死ぬまで

私と倅は
ぼちぼち
仲良く暮らすしかない

朝顔

家の垣根に
朝顔が
たくさん咲いていた
物心ついた
四歳の頃
家の窓から
いつも眺めていた

あの頃は
何の雑念もなく
ただ眺め続けていた
きれいな花だと思い
朝露の水滴まで
美しかった

今
朝顔を見ると

色んなことが
浮かんでは消える
歳をとると
雑念も多くなるのだ

ごめんよ朝顔
同じ朝顔なのに
今見れば
平凡な花に
見えてしまう

カトレアや紅バラ
満開の桜の
豪華な美しさを
知ってしまったからか

いや　きっと
もっと孤独になり
独りで　ボーっと
朝顔を眺めれば
清楚でういういしい

朝顔の命に
感動するに違いない
朝顔とは
そんな花だ

競馬

群れて走る
競馬馬の
必死の形相を見ると
戦国時代の
戦さを思い浮かべる

あれは
信長か　秀吉か

桶狭間の戦いか
はたまた
長篠の合戦に向かう
武田の騎馬武者か

それとも
南北朝の　楠木軍の
死にもの狂いで
退却する姿か
群馬が奔る

雄壮な姿は
男のロマンと
歴史を彷彿とさせる

馬よ走れ
もっと走れ
美しい　美しい
男の死に様の
ロマンが
疾風怒濤の中で

駆け抜ける

私を探して

暗い
お台所の中で
壁に貼りつき
忍者のように
沈黙していた

その時
先生　先生と

私を探す
スタッフがいる
先生が
居なくなったと
大さわぎして
探している
だんだん
必死になってるようだ

そろそろ

私も
トイレに行きたくなり
こっそり
後ろに立ち
低い声で
言った
「やあ君たち」

ワアッと驚く
スタッフたち

衝撃と驚きで
涙がにじむようだった
私も
悪い人間ですね

思い出

細い路地を曲がり
駆け抜けて行くと
おじいさんと
おばあさんのやる
タコ焼き屋があった
薄い木のお皿に
十円で七個入っていた
それまでは

十円で八個だったので
近所の子供たちは
大さわぎだった

頭のてっぺんが禿げた
ぼくのおばあちゃんは
いつも
タバコのピース缶に
十円玉を入れていた
それをよく

ぼくにくれたのだ

ぼくは
その十円玉を
握りしめ
おばあちゃん
ありがとう
と言って
一目散に　路地を走り
あのタコ焼き屋に

駈けつけた
それが
子供の頃の
一番の楽しみだった

おばあちゃんの頭頂は
日本髪を
毎日結っていたので
禿げたそうだ
おばあちゃんは

八十四歳で死んだが
タコ焼き屋を見ると
お金を握りしめ
一目散で買いに行く
ぼくは
変わっていない

変わったのは
五百円で
一皿六個しかない

タコ焼きの値段だけだ

縁側にて

秋の陽射しが
気持ちのいい日
縁側に
腰をかけて
目を閉じていると
何かの音がした

誰だ

誰だ
オナラをした奴は
周りを見渡しても
誰もいない
猫が一匹
日だまりに
寝そべっている
お前が
やったのか……

しかし
よく考えると
その犯人は
私だった
猫よごめんな
お前のせいにして

それにしても
健康で生きてるだけで
人間は幸せなんだ

本当は
猫もそうなのだが
そんな意識もなく
寝そべっている

人間は
そんな
ささいな事でも
感謝できる幸せがある
風や陽射しが

教えてくれた
人間としての
幸せだった

健康な
いい音がした
プリー

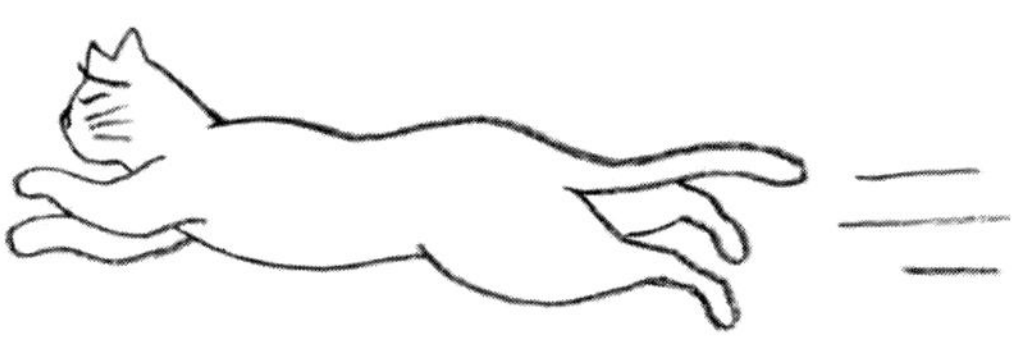

小銭

ポケットから
落ちて行った
小銭は
やさしい
地蔵尊のめぐみだ

小銭を
そのままにして

交番の前から立ち去った

窓

風が
窓をトントン叩く
だから
開けてやったら
風小僧だった

風が
ピューピュー

悲痛な声で鳴く
だから
窓を開けると
青龍神だった

今度は
誰かが
ドンドン窓を叩く
そっと開けると
満月だった

そうか
中秋の名月を
見て欲しかったのか

どうぞ
いつでも来て下さい
自然と一体の
ぼくの窓に

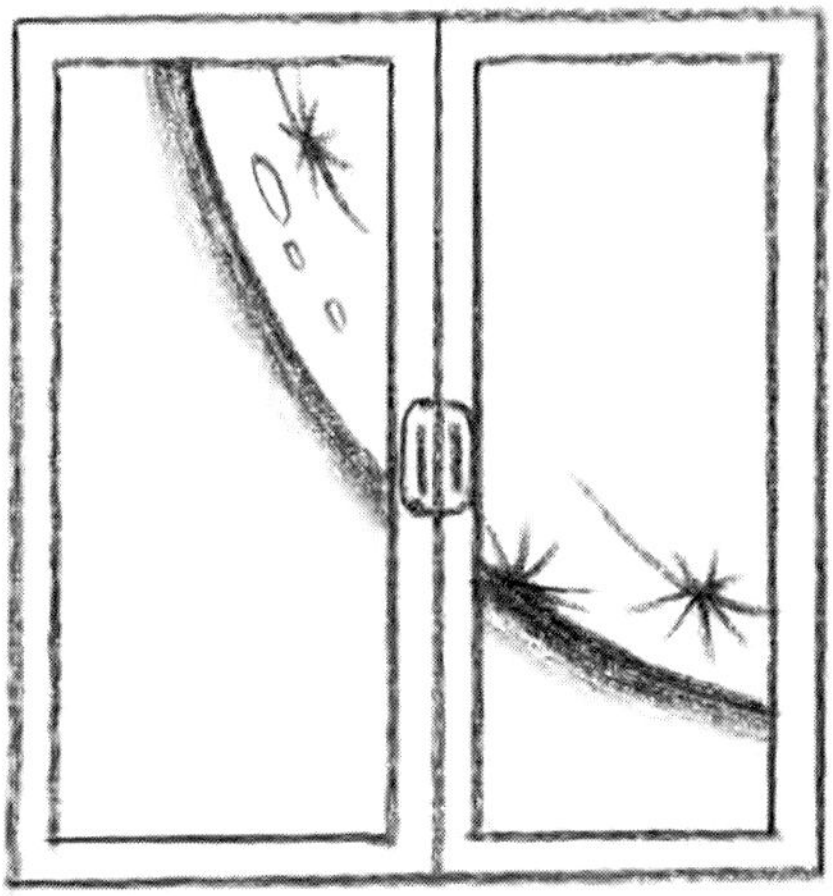

さびしくなったら

さびしくなったら
とにかく
電話をかけまくる
楽しい話もあり
腹を立てて
叱ることもある
すると
前よりも

さびしくなる
やはり
間違っていた
さびしくなると
仕事に
集中するべきなんだ
すると
気力が漲り
さびしさは

吹き飛んでしまう
それどころか
元気になり
幸せが広がる

わが魂よ
ありがとう
背後霊さん
ありがとう
この幸せが

何よりのご褒美です
さびしさを
なぐさめていては
幸せは
やって来ない
さびしさに
喝！
さあ仕事だ

道を歩けば

道を歩くと
ふと思う
小学生の頃は
もっと道は大きく
広かった
石ころも大きく
種類も多かった

最近は
道は細く
小さく感じる
石ころの種類も
ずいぶん減った
なぜだろう

それは
背が伸び

目が
近視になった
からじゃない
六十歳になり
ものを見る心が
鈍ったからだ

これが
感性の劣化か
時間に負けた

わが魂か

星や宇宙を
友にし
花や昆虫を
恋人にしよう
戻っておいでよ
小学生のぼく

感性よ

蘇っておくれ
小学生の感性で
あの街路地を
思い切り
駆け抜けたい
ビューン
ダダダダー

愛されるまで

女性には
忍耐を教わり
男性には
忍耐を教わり
父親には
忍耐を教わり
猫にも
忍耐を教わりました

そして
母親には励まされ
犬にも励まされ
神仏には
愛されました

菩薩

単なる忍耐では
反動が来て
凶暴になるか
鬱になるか
病気になる

単なる寛容では
反動が来て

殴ったり
絞め殺したり
ブチ殺したくなる

だから
単なる忍耐や
寛容では
だめなんだ

そこで

お釈迦様に
たずねました
どうすれば
いいのですか

お釈迦様は
笑ったままで
何も答えません

それで

私の忍耐は
ブチ切れました
堪忍袋の緒も
切れました

思わず
お釈迦様に飛びかかり
掴もうとすると
パッと
煙のように

消えました
後には　巻物が
一巻置いてありました
おそるおそる
巻物を　開けてみると
文字が
書いてありました
「これで　君も　一巻の終わり」

なんじゃこれは
ふざけるな！
と叫び
ぼくは
その巻物を
空に投げつけた

すると
巻物は

回転しながら　爆発した
ヒラヒラと
紙の吹雪が
頭上に落ち
空中から
お釈迦様の
声がした

「理解することじゃ
男であり

女であることを
また長所や短所
善も悪もじゃ
そしていい因縁や
悪い因縁
家庭環境や
時代背景
職業の特性や
年齢的な未熟さ
老化の度合いも

深く広く
理解することじゃ

お前に
それを理解する
深い知恵があれば
反動はなくなり
慈悲が生まれるのだ
忍耐と寛容を
本物にするのは

理解と慈悲である
慈悲は
人間を深く理解する
真の知恵から
生まれるのじゃ」

その声を
聞き終わると
私の頭には
見知らぬ冠が

あった
菩薩になった
印だった

自炊

自炊した料理の
オリーブオイルが
皿に残っている
あっと言う間に
食べ尽くした
ピアニストと
指揮者
そして

何人かのスタッフ
喜んで
食べてくれて
ありがとう

他人が喜ぶ
自炊は楽しい
皿のオリーブオイルは
喜びと楽しさで
テラテラ耀いている

深夜まで続いた
オペラの練習
その一刻一刻も
音楽を創る芸術だ
自炊付きの
芸術です

宇宙人との交友録

火星人に言った
お前
カセー近視か
水星人に言った
スイセイマジック
持ってるか

金星人に言った
早く
こっちへキンセイ
木星人に言った
金モクセイの色に
似た大きな星だね
土星人に言った
ドウセー

地球は小さな星ですよ
天王星人に言った
さっきから
何やってテンノウセイ
海王星人に言った
背中が
カイイヨウセイ

冥王星人に言った
親戚の
メイをー紹介します
北極星人に言った
あのー
ホッキョク熊は
どこですか

月の女神に言った

あのー
月のものは
まだありますか

太陽の女神に言った
あのー
タイヨー年数は
あと　どれぐらいですか

すると

宇宙人達は
笑って言った
「チキュウしょう
バカにするなー
この地球人め
ワハハハ」

ぼくは
すいませんと言って
宇宙人に頭を下げた

それから
宇宙人と
仲良しになった

どじょうへ

どじょうは
しょせん
金魚にはなれねえだろうと言うが
白隠ならこう言うだろう

どじょうよ
お前
勇猛心を振り立てて

「うなぎ」になれ
次に
目標を高くもって
陸へ上がり
まむしになるんだ
それから
頭を下げ
人の三倍努力して
龍に脱皮するのだ
そして

ピノキオと一緒に
星に願いをかけるのだぞ
それで
神様に人間にしてもらったら
金魚鉢を買い
金魚を飼うのだ

どじょうよ！
金魚はなるもんじゃない
飼うものなんだ

いつまでも泥の中で
ウロウロせず
早くそこから抜け出せ
お前は
ピノキオの家に住む
どじょうなんだ
いつか人間になり
素晴らしい人生を送る
秘めた素質を持ってるんだ
だから

いつまでも泥の中で
ウロウロ
ニョロニョロするのは
やめろ
喝！　喝！　喝！

豊田ネコタ　とよたねこた

別名　戸渡阿見　又の名を　深見東州　本名　半田晴久

小説家、劇作家、詩人、俳人、歌人、川柳家としてのペンネームを、戸渡阿見や深見東州とす。5才から17才まで、学校の勉強はあまりしなかったが、18才から読書に目覚め、1日1冊本を読み、突然文学青年になる。また、中学3年から川柳を始める。18才から俳句を始め、雑誌に投稿し始める。46才で中村汀女氏の直弟子、伊藤淳子氏に師事し、東州句会を主宰。毎月句会を行う。49才で、第一句集「かげろふ」を上梓。55才で、金子兜太氏の推薦により、現代俳句協会会員となる。57才で第二句集「新秋」を上梓す。その他、写真句集や、俳句と水墨画のコラボレーションによる、「墨汁の詩（うた）」もある。短歌は、38才で岡野弘彦氏に師事。毎月歌会を行う。詩は、45才で、第一詩集「神との語らい」を出版。その後、詩集や詩画集を発表。54才で、井上ひさし氏の推挙により、社団法人日本ペンクラブの会員となる。56才で短篇小説集「蜥蜴（とかげ）」をリリース。第2短篇小説集「バッタに抱かれて」は、日本図書館協会選定図書となる。第3短篇小説集「おじいさんと熊」をリリース。絵本も多数。また、56才で「明るすぎる劇団・東州」を旗揚げし、団長として原作、演出、脚本、音楽の全てを手がける。著作は、抱腹絶倒のギャグ本や、小説や詩集、俳句集、自己啓発書、人生論、経営論、文化論、宗教論など、３００冊以上に及び、7カ国語に訳され出版されている。中国国立浙江大学大学院中文学部博士課程修了。文学博士（Ph.D）。中国国立浙江工商大学日本文化研究所教授。

いじけないで!

平成三十一年三月三十一日　初版第一刷発行
令和　三　年九月　三十　日　初版第三刷発行

著　者　豊田ネコタ

発行人　杉田百帆
発行所　株式会社　たちばな出版
〒167-0053
東京都杉並区西荻南二丁目二〇番九号
たちばな出版ビル
電話　〇三-五九四一-二三四一（代）
FAX　〇三-五九四一-二三四八
ホームページ　https://www.tachibana-inc.co.jp/
印刷・製本　萩原印刷株式会社
ISBN978-4-8133-2433-1